LE PHARE
DES SIECLES A VENIR

ou

LA CLEF FORMULE

*servant à décomposer le composé et à reconnaître
ce qui est viable ou non*

PAR

ADOLPHE R. ADET

OFFICIER D'ACADÉMIE

Professeur d'Anglais et d'Espagnol

Fondateur des cours d'adultes (hommes et dames) dans les écoles
communales et laïques de la ville de Marseille.

1er OPUSCULE

Se trouve chez l'auteur, rue St-Charles, 10 — Marseille.

Prix : 50 centimes

MARSEILLE

TYPOGRAPHIE ET LITHOGRAPHIE NOÉ COHEN
Rue de la Loubière, 38.

1885

LE PHARE

DES SIÈCLES A VENIR

OU

LA CLEF FORMULE

servant à décomposer le composé et à reconnaître
ce qui est viable ou non

PAR

ADOLPHE R. ADET

OFFICIER D'ACADÉMIE

Professeur d'Anglais et d'Espagnol
Fondateur des cours d'adultes (hommes et dames) dans les écoles
communales et laïques de la ville de Marseille.

~~~~~~~

1er OPUSCULE

Se trouve chez l'auteur, rue St-Charles, 10 — Marseille.

———

Prix : 50 centimes

———

MARSEILLE
TYPOGRAPHIE ET LITHOGRAPHIE NOÉ COHEN
Rue de la Loublère, 38.
—
1885

PRÉFACE

Cette clef-formule, qui n'est autre chose que le point de départ de l'analyse physiologique, est applicable à toute espèce de savoir, par cela-même qu'elle résout toutes les difficultés qui peuvent se présenter ; pourvu que celles-ci soient dans un ordre de choses connu.

Par son application même, elle est destinée non seulement à faciliter tout espèce d'étude, depuis la plus simple jusqu'à la plus composée ; mais encore à devenir le guide de tous les actes de la vie, le flambeau de toutes les recherches. Sa connaissance allégera les lourdes entraves qui, trop souvent, font échouer le travailleur ; elle fera tomber toutes les difficultés ; en un mot, elle donnera leur solution. Par ce fait, elle devient non seulement le levier de l'étude, mais elle en règle tous les mouvements.

« Ce n'est pas le tout de vouloir étudier, encore faut-il savoir » ont déjà dit avec nous, tous ceux

1

qui ont acquis un certain degré d'instruction. Eh bien, cette clef vous l'apprendra, elle vous en fournira les moyens. Notre clef-formule mettra les nouvelles recherches à même d'acquérir une solution positive, réelle, évidente.

Les grands penseurs déclarent, avec nous, que la science n'a pas encore dit son dernier mot ; mais elle nous révèlera bien des choses encore, car il est une foule de sciences, même abstraites, qui n'attendent que l'instant opportun favorable à leur apparition.

Nous ajouterons encore que, ce que nous appelons composé, n'est autre chose que le système unitaire de l'objet qui fait le but de nos recherches, aussi bien que l'ensemble général de toute chose. Enfin elle vient prouver que la langue française est réellement la langue universelle et et que Paris est appelé à devenir la Capitale du Monde.

LE PHARE

DES SIÈCLES A VENIR

ou

LA CLEF FORMULE

servant à décomposer le composé et à reconnaître

ce qui est viable ou non

───❧───

Avant d'entrer en matière, nous devons prévenir
le lecteur : 1º Que l'auteur est aveugle ; 2º Que
comme tous les hommes il a été dominé par la
passion politique et que, comme chacun d'eux,
il a vaillamment milité pour son parti. Mais
depuis que l'étude de notre formule nous a permis
de soulever un coin du voile épais du passé aussi
bien que de l'avenir, nous renonçons à nos idées
personnelles pour ne laisser place qu'aux nouvelles
lois que nous venons présenter à l'humanité.

Ces lois se concentrent en une seule formule par
laquelle on peut posséder la clef de tous les savoirs
et de toutes les sciences ; en un mot, elle nous
révèle la clef du composé en général et devient en

même temps la clef de chaque savoir en particulier. C'est elle qui, nous secondant jusqu'à ce jour, nous a permis de conduire nos travaux, c'est-à-dire nos cours de langues vivantes publics et gratuits, comme personne n'a pu le faire dans aucune capitale du monde. Les brillants succès que nous avons obtenus, aussi bien pratiques que théoriques, nous ont valu les palmes de l'Académie, digne témoignage des fruits de nos labeurs,

Ceci dit, informons nos lecteurs que nous nous adressons à eux, libres de toute idée préconçue pour tel ou tel parti, telle ou telle religion ; résumons-nous plutôt en disant que nous reconnaissons toutes les croyances politiques comme ayant été une nécessité rigoureuse à la formation de notre gouvernement.

Dernièrement, lorsqu'il fut question de décider l'Exposition universelle de 1889, nos journaux nous apprirent que l'étranger voyait dans cet acte la volonté bien arrêtée de la part de la France de célébrer l'anniversaire de la Révolution de 1789 étant en République et que, par ce fait, le peuple français tenait à son gouvernement. Qu'à cela il nous soit permis de répondre que, quelque minime qu'elle soit, il se glisse dans cette pensée une erreur. En effet, bien souvent, l'histoire nous prouve qu'il suffit d'un seul homme pour changer toutes les destinées du monde, toutes les volontés d'un peuple !

Qu'est devenue notre République de 1789 devant

Napoléon Ier. Qu'est-il demeuré des mouvements de Garibaldi, ce grand républicain d'Europe, devant les décrets de l'unité du grand composé ? Et Castelar, et tant d'autres?

Paris est la capitale du monde, s'est écrié, il y a une douzaine d'années environ, notre grand génie, Victor Hugo ! » Bien d'autres savants ont attesté comme lui de la supériorité de la France. Notre célèbre géographe, Mr Reclus, a dit du Français : « Il est la langue universelle. Tous proclament et affirment notre grandeur ; mais, sur quelles lois, naturelles, logiques ou scientifiques reposent les dires de tous ces grands hommes que chacun chérit et aime. Loin de nous de vouloir leur contester leur assertion ; nous dirons même qu'une voix intuitive la leur a soufflée et qu'ils ont éprouvé un certain bien aise, causé par leur amour pour la mère patrie, à dire ce qu'ils pensaient. Par notre formule on reconnaîtra que ces grands génies avaient raison.

D'autre part, ce n'est plus un secret pour personne, et trop de grands hommes ont dit, avec nous, que la langue des peuples n'était autre chose que la représentation de ces mêmes peuples, leur état spirituel ou matériel. Si tel est le cas, pourquoi la France ne ferait-elle pas plus pour l'étude des langues vivantes?

Supposons, pour un instant, qu'un particulier fixe une somme de....., pour l'amélioration de son bien être ; ce particulier s'assurera si cette somme produit le bien être qu'il attend. Ne trouvant pas les résultats vers lesquels tendent ses projets, il changera l'employé chargé de faire fructifier la somme, jusqu'à ce que la chose qui était but chez lui, soit devenue réalité.

De son côté la France prétend dépenser des sommes énormes pour l'étude des langues vivantes; dans, aucune de ses villes elle n'est parvenue, d'une façon solide et satisfaisante, à fonder des cours publics et gratuits, si ce n'est toutefois dans notre ville de Marseille. Partant du principe que les langues vivantes ne sont que la représentation du caractère des peuples, tous les savants réunis devraient pouvoir « nous dire : Les Latins sont morts pour telle ou telle « raison, les Grecs ont disparu pour telle ou telle autre ! » — On reconnait très bien que le latin et le grec sont des langues mortes; mais, revenons-en au pourquoi?

Il y a quatre jours au plus, si les siècles sont des journées dans la durée des temps, les Arméniens étaient trente-cinq millions d'habitants; aujourd'hui ils sont encore deux millions et demi environ, dispersés entre la Turquie, la Russie et la Perse. Pourquoi ce peuple est-il mort?

Chers lecteurs, vous aurez maintes fois entendu dire que tout, ici bas, repose sur le mouvement et le nombre; vous aurez entendu dire que tout part du simple pour arriver au composé. Ne vous ferait-il pas plaisir de connaitre ce qu'on appelle le simple et le composé? Si la France entière savait qu'il n'y a plus pour elle de monarchie possible, ne trouve-rait-elle pas une nouvelle force dans ses mêmes adeptes ? Et tous ceux qui craignent un remue-mé-nage, tout en servant la République française, ne se donneraient-ils pas corps et âme pour servir un gouvernement qu'ils ne secondent qu'avec crainte et hésitation, dans l'état où ils sont ! Nos mêmes latins qui prétendent, dans l'intimité de leur intérieur, que la France marche à sa perte, s'ils étaient persuadés que notre gouvernement se trouve sur la route du grand composé, oseraient-ils, con-science en main, lui jeter la pierre comme ils le font? Nous dirons plus. — Si les gouvernements qui nous entourent et qui s'appliquent à nous embrouiller par des politiques vaines et inutiles, s'ils connaissaient les lois du composé, loin de traiter la France en petite sotte, ils viendraient se découvrir devant sa ma-jesté ; et, tout en sollicitant son amitié, ils lui offri-raient la leur en échange.

Avant de pousser plus loin, développons davan-tage notre pensée afin d'écarter toute équivoque. La France n'est pas une nation en dehors des autres ; elle n'est que la quintessence de toutes les nationa-lités. Nous devons à tous notre amitié la plus dévouée ; nous devons monter sur tous les Golgothas qui ont pour but d'enrichir, de développer le commerce et de répandre la civilisation ; et toutes les autres nations nous doivent assistance dans cette immense tâche qui nous est imposée par la création elle-même. Pour faire disparaître la France du globe, il faudrait anéantir toutes les nationalités; et encore la France aurait-elle l'énergie, la puissance nécessaires pour se reconstituer.

Avant de terminer, que je puisse dire encore que: « Pour notre constitution définitive, nous avons besoin de toute l'activité des autres nations, afin que la leur, par l'effet de la concurrence, développe toute la nôtre; car le peuple français ne saurait être inactif puisqu'il est le Verbe personnifié.

DEUXIÈME CHAPITRE

N'entamons pas la question du composé sans prévenir le lecteur que nous sommes forcé d'en développer la thèse sous le titre d'analogie; car, ce n'est qu'en comparant certains faits à d'autres, que l'on peut reconnaître la puissance de la formule du composé.

Lorsque le verbe substantif, qui existait à titre d'Etre, voulut prendre le titre d'actif, il dut se concentrer dans la chaleur pour produire sa solution; cette concentration ne représente-t-elle pas le travail? La chaleur n'est-elle pas l'image de l'amour; et dans la solution ne conçoit-on pas le génie ou savoir? C'est-à-dire, pour se servir des mêmes termes que d'autres ont employés ; trois mécanisantes ou un triple moteur que l'on doit retrouver dans tout ce qui est arrivé à son titre de composé. Mais, comme il ne pouvait agir seul, il dut s'adjoindre quatre nombres que nous appellerons 1, 2, 3, 4 ; ces nombres sont en quelque sorte les seuls qui devraient porter ce titre. Il se donna à lui le cinquième ; puis, voulant obtenir une série plus complète encore, il ajouta chacun de ces nombres au sien propre, ce qui produisit les résultants 6, 7, 8, 9. Ces quatre derniers seront appelés invariables, tandis que les cinq premiers recevront le nom de variables ou sensitifs. C'est pour cette raison que l'on a dit : « Tout ici-bas repose sur le mouvement et le nombre. » Là-dessus aussi repose toute notre formule.

Aurait-on pu agir à l'aide de ces quelques nombres ? Ne fallait-il pas leur donner le pouvoir de se multiplier à l'infini ? Le zéro devint leur toute puissance, avec le double titre d'actif de neutre, de variable et invariable ; dès lors, il est partie intrinsèque de notre formule dont il ne s'agit plus maintenant que de connaître l'application.

Nous savons que tout objet soumis à l'analyse doit posséder en lui trois mécanisantes devant embrasser l'objet tout entier. Le globe, par exemple, a pour mécanisantes ses trois règnes : minéral, végétal, animal; pour quatre invariables l'eau, la terre, l'air et le feu; ses cinq parties variables sont les divisions mêmes du globe : « Europe, Asie, Afrique, Amérique, Océanie », le tout reposant sur le zéro représenté par les deux pôles qui, à proprement parler n'en font qu'un seul, étant rejoints par l'axe. Après le globe, soumettons à l'analyse l'acteur principal qui y réside, l'homme. Ses trois mécanisantes matérielles s'étendant sur son être tout entier, sont : foie, cœur, cerveau ; à l'égal des trois mécanisantes de la terre, elles représentent : travail, amour et génie.

Fourrier nous a dit que les trois mécanisantes spirituelles de l'homme étaient : cabaliste, composite et papillonne ; d'après lui, les quatre invariables ou cardinales seraient : amitié, ambition, amour et familisme. Nous représentons ces quatre invariables physiques ou matérielles par les quatre membres qui servent à développer nos mouvements. Les cinq variantes sont les cinq sens : ouïe, vue, odorat, goût et tact. Pourquoi l'homme n'aurait-il pas aussi ses facultés reposant sur un double point d'appui que nous appellerons pivotales ?

Jusqu'à ce jour la science s'est refusée à nous le révéler ; ce n'est certes pas ignorance, nous n'en concevons même pas l'idée. — Eh bien, arrachons à la science son trop précieux secret. — Prouvons que ce triple cachet doit avoir son empreinte dans tout ce qui veut exister ; étudions-le dans ce qui existe déjà à titre de composé.

Chers lecteurs, mon état de cécité ne vous parlera-t-il pas plus éloquemment que mes faibles paroles ?

N'observez-vous pas que là·où la mort frappe, la vie renaît plus forte que jamais, par la concentration de ces deux forces en une seule, doublement puissante? Pourquoi donc la vie et la mort ne seraient‑elles pas la double idée complétive de nos cinq sens?

Poursuivons notre étude. La musique n'a‑t‑elle pas ses trois mécanisantes dans: solfège, accord, harmonie? Ses quatre invariables dans: portée, clef, armure, mesure? Ses cinq variables enfin avec la double idée du zéro, dans ses sept notes?

La comptabilité, depuis le siècle dernier, place ses trois mécanisantes dans: brouillard, journal et grand livre: ses cinq comptes généraux reposant sur effets à payer ou effets à recevoir ne sont-ils pas les cinq variables avec l'idée du zéro.

L'arithmétique a également ses trois mécanisantes sous le titre d'unité, dizaine et centaine; ses cinq premiers chiffres en compagnie du zéro ne sont-ils pas les cinq variables que nous trouvons tout autre part et enfin les quatre règles: addition, soustraction, multiplication, division, ne sont-elles pas les quatre invariables?

Partant du point que tout part du simple pour arriver au composé, il faut bien nous rendre compte que nous devons, par cette formule, reconnaitre ce qui a atteint le degré de composé et qui, par conséquent, est devenu viable. Ce qui ne peut pas y arriver est, par ce fait, qualifié de mort-né.

Or, si nous prenons pour principe que les langues
dés peuples ne sont autre chose que la représentation
de ces mêmes peuples, nous devons, en soumettant
leur langue à l'analyse physiologique, nous devons,
dis-je, pouvoir définir si ce peuple est viable ou non
et nous rendre compte du pourquoi il est mort, s'il
n'est pas viable.

Les trois mécanisantes d'une langue s'appellent,
en théorie, orthographe construction et style ; l'article, le nom, l'adjectif, le pronom, le verbe, reposant
sur l'idée du participe, en sont les cinq variables ou
cinq sensitives avec la double fonction du participé
pour complément. Les quatre invariables seront
donc : adverbe, préposition, conjonction et inter-
jection ; ce qui, laissant en dehors les trois mécanisantes, embrasse bien les dix parties du discours.

Pour qu'une langue soit viable il faut non seulement que les dix parties du discours y aient leur représentation, ainsi que nous venons de le signaler, mais
encore que nos mécanisantes soient toujours présentes ; chacune des cinq parties variantes ou variables devra également résister à l'extension de l'analyse
physiologique.

En effet, quelle que soit l'étude que l'on veut appro-
fondir, on doit toujours commencer par rechercher
l'orthographe, la construction et le style. La première
personne qui est le symbole du travail ne saurait
s'étudier sans l'assistance de la seconde ; enfin, l'une
et l'autre produisent la troisième. L'étude des langues

nous prouve que la troisième est constamment le
résultat des deux antérieures, expliquons-nous. Le
jeune élève qui, dans ses études primaires, veut
travailler son orthographe est forcé de le faire avec
l'assistance de la construction. L'orthographe est
propriété du mot que l'on emploie, tandis que la
construction est propriété de l'ensemble des mots ;
ce n'est qu'à force de travailler ces deux bases que
l'élève se fait un style qui lui est personnel. C'est-à-
dire : propriété au mot lui-même, propriété à l'ensemble des mots et propriété à la personne; telle est
la troisième base.

Examinons, par exemple, le latin; cette langue
comme toutes celles qui ont été employées, a bien
ses trois mécanisantes principales dans orthographe,
construction et style; mais, où trouverons-nous les
mécanisantes du verbe : je, tu, il, pour le singulier ;
nous, vous, ils, pour le pluriel? Or, dès ce début,
nous reconnaissons qu'il manque au latin trois mécanisantes internes, plus une des facultés variables
représentant une des facultés sensitives de l'homme,

Voyons, chers lecteurs, si on vous enlevait ou le
foie, ou le cœur, ou le cerveau ou encore les trois à
la fois, vous serait-il possible d'être viable? Si on vous
enlevait le goût et que vous ne puissiez plus manger,
croyez-vous que vous seriez viable?

D'autre part, le latin, par ses déclinaisons, fait disparaître une préposition et un article ; l'article
représentant l'ouïe, la préposition l'un des quatre

membres; si l'on vous enlevait l'ouïe et l'un de vos quatre membres, seriez-vous solidement bâti ? Figurez-vous un homme dépourvu de foie, de cœur, de cerveau, (puisque les trois mécanisantes disparaissent dans le verbe latin) dépourvu encore d'ouïe, de goût et d'une jambe en moins, concevrez-vous seulement la pensée de la viabilité de cet homme ou de cette langue?

Or, pour en revenir à notre point de départ, à savoir que la langue des peuples est la représentation de leurs mœurs, de leur état spirituel ainsi que de leur état physique, examinons l'état spirituel aussi bien que l'amour de ces mêmes peuples. Un seul fait suffira, rappelons-nous l'histoire des deux fils de Cornélie, l'illustre mère des Gracques.

L'aîné Tibérius, après avoir décoré sa patrie du pavillon de la victoire, employa toute son activité et tout son génie à tirer le peuple de la ruine, de la misère; il conçut le projet de distribuer aux pauvres les terres de l'état usurpées par les grands. Sa loi agraire qui n'en fut que l'exécution excita parmi les riches le mécontentement et la haine. Il s'exposa à tout, endurant difficultés, rancunes, vengeances, mauvais vouloir; le bien du peuple devait être son orgueil et sa récompense. Lorsque celui-ci n'eut plus rien à attendre de son libérateur, il le délaissa pour le laisser tomber victime de ses réformes, frappé par ces mêmes esclaves qu'il avait voulu affranchir. — Caïus, avec une persévérance plus acharnée encore, brisa l'orgueil et la puissance des nobles ; sa mort fut le triste fruit de l'héroïsme de sa vie. Voilà ce qu'était la République romaine pour ses défenseurs ; mais elle n'était pas immortelle ; en était-elle digne et sa chute ne fut-elle pas l'expiation de la mort des Gracques. Une telle nation méritait-elle de vivre ? Elle a succombé et avec elle sa langue qui n'était que la représentation de ses mœurs.

Comme nous avons promis de le faire, nous allons à présent prouver à nos lecteurs que le français est une langue immortelle, quitte à revenir plus tard y apporter de nouvelles preuves ; soit en signalant à la France ce qui manque à notre bien-aimée mère patrie, soit en tâchant de découvrir ce qui lui arrivera dans l'avenir et qui n'est autre chose qu'une loi de notre composé sans la réalité de laquelle notre pays ne serait pas viable.

Nous avons dit en commençant que le discours a dix parties, dont cinq variables se pivotant sur l'idée du zéro ou du participe. Vous rappelez-vous, chers lecteurs, comment s'est constitué le gouvernement en 1870 ? Il s'est formé avec la représentation de notre ancien prétendant Henri V ; à côté de lui, comme deuxième parti royaliste étaient les d'Orléans ; puis sont venus s'asseoir à côté les impérialistes. Joignant à cela comme partis républicains les radicaux et les modérés, nous aurons, nettement constituées, les cinq variantes de notre gouvernement. Or, ces cinq parties ne reposent-elles pas sur

l'idée pivotale de Jérôme et de d'Aumale républicains ?
Supposons qu'un de ces partis vienne à mourir ; le
composé se décompose, voilà notre série perdue ;
nous avons dit déjà que tout ce qui est composé est
destiné à vivre ; le composé se simplifiant, sa viabilité est mise en doute. Mais, comme la pensée prédi-
lecte du Verbe est que sa France chérie reste dans
la formule du composé, au fur et à mesure qu'un
parti disparaît, il veille à la constitution d'un autre.
Il faudrait ne pas vouloir considérer les choses dans
leur réalité pour ne pas comprendre que la pensée
latine a disparu dans Chambord. Ce parti doit donc
faire place à un nouveau, nécessaire par suite de son
titre de cinquième variante, à la viabilité de la
France. Le mouvement des blanquistes qui effraie
tout le monde ne fait que nous rassurer, car par lui
le composé existe toujours. Ils sont la source de
désordres, dira-t-on, car ils sont combattus par d'autres ; eh bien, quoi de plus facile que de réprimer
rigoureusement chaque trouble ! Que chacun des
partis aient leurs meetings séparément pour discuter
les opinions, le calme existera et le composé aura
toujours son actualité.

Le verbe français doit être le guide de tous nos
actes ; en nous réglant d'après lui, la route du composé nous sera toujours ouverte, nous ne pourrons
qu'avancer davantage dans la large voie du progrès.
Il doit être notre guide dis-je, car il est le type doublement exprimé de la série ; il se décompose dans

une double série de mécanisantes presque toujours présentes dans tous nos temps, en exceptant toutefois l'impératif et quelques uns de nos temps primitifs. En effet, quel est le temps que vous conjuguerez sans l'assistance des trois mécanisantes : Je, tu, il, pour le singulier ; nous, vous, ils, pour le pluriel ? Toutes les langues ont leurs cinq modes reposant sur participe présent et participe passé ; mais aucune d'elles si ce n'est le français, n'a les cinq temps primitifs pivotant sur futur et conditionnel ; encore ne croyons-nous pas devoir ici faire entrer les cinq familles de verbes reposant sur être et avoir ; nous nous en occuperons dans un autre opuscule.

Presque toutes les langues du midi, y compris les langues mortes, forment leurs temps à l'aide du radical auquel on vient joindre les quelques lettres de la terminaison pour désigner le temps et la personne. Notre français seul a ses quatre invariables personnifiées par ses quatre conjugaisons, les autres langues n'en ont que trois. Il faut cependant en excepter la mère du français, le provençal ; qui, pour avoir eu la puissance nécessaire à donner le jour au français, destiné lui-même à être la rédemption des peuples, a été forcée de se présenter plus digne du composé que toute autre langue.

Nous ne parlerons pas ici des langues du nord ; si ces peuples veulent savoir qui ils sont, à eux d'étudier leur variabilité, leurs conjugaisons et à la fois la douceur, la souplesse de leur participe.

Vous voyez donc, chers lecteurs, le rôle élevé, grandiose, réellement digne de lui, que le peuple français par sa grammaire aussi bien que par ses mœurs, est appelé à jouer ; il sera la rédemption des siècles à venir, le rédempteur de toutes les nations qui existent sur le globe.

Mais, que de travail, que de sagesse, que de savoir ne nécessite pas la direction d'une nation à la fois si remuante, si mouvementée ? Comment la bien conduire sans l'outillage voulu ?

Déjà depuis quelque temps la France doit s'apercevoir que nos consuls à l'étranger sollicitent la formation de syndicats, pour faciliter le commerce français. Désirez-vous, chers Français, savoir où va cette idée ? Désirez-vous savoir où elle doit aboutir ? Eh bien, analysons le mécanisme de notre gouvernement ; car, notre formule du composé en sa qualité de jeune fillette naïve répond à tout. Elle dit tout car elle sait tout. Il ne s'agit simplement que de savoir la questionner. Notre gouvernement français, comme notre langage doit se décomposer en dix parties ; voilà donc notre ministère pivotant sur l'idée de notre participe passé ; nous ne devons jamais perdre ce double fonctionnement de vue, son existence est de toute influence. Avant tout, nous devons cependant trouver nos trois mécanisantes ; partons du vrai point de départ. Nous avons vu déjà que notre verbe a double jeu de mécanisantes ; recherchons également ce double jeu dans le mécanisme du gouvernement. En effet, si nous prenons nos départements, nous trouvons les conseils de mairie, les conseils d'arrondissement et les conseils généraux. Si nous entrons dans notre capitale, nous y trouvons la Chambre des députés qui est la représentation de la propriété personnelle de la volonté du peuple, comme l'orthographe est la propriété personnelle du mot. Le Sénat qui est la personnification de la construction, c'est-à-dire de la sagesse du placement des mots entre eux, est, auprès du gouvernement, l'instrument de la sagesse de la législation. Où donc est le génie, où donc est le style ? Voilà où vont ces syndicats que rien ne pourra, avec le temps, empêcher de se constituer. Ils produiront la troisième Chambre, concentrant en elle tous les savoirs ; car ils en sont, à proprement parler, le germe.

Ah ! chers Français, vous ne vouliez plus le Sénat ; et nous qui prenons à tâche de vous prouver qu'il vous manque une Chambre ! Beaucoup déjà ont comme le sentiment de sa nécessité. L'association n'en est-elle pas aussi le germe ? Tout homme, pour peu qu'il soit versé en ce qui regarde la question littéraire, ne conviendra-t-il pas avec nous que l'Académie peut trouver dans la formation de cette troisième Chambre un rôle à jouer digne de sa noblesse et de toute sa sollicitude pour l'instruction des peuples ?

Ne dirait-on pas que le Verbe qui est d'une prévoyance extrême pour les besoins de sa nation favorite, a tout créé à titre d'embryon pour nous laisser le mérite de compléter en quelque sorte son œuvre. En effet, le jour où Richelieu créa les quarante immortels, n'était-ce pas là la création de quatre séries, représentation de la troisième mécanisante que nous appelons style qui réunit à la fois lettres, sciences, arts, civilisme.

Le jour où cette Académie sera la concentration, le sommet de tous les savoirs, le jour, dis-je, où, partant du plus petit simple elle viendra se composer dans une quadruple série, elle renfermera en elle le sceau invincible, le génie personnel du caractère français, c'est-à-dire toute la beauté et tous les savoirs de notre style.

Vous voyez, chers lecteurs, que le simple point de départ de l'analyse physiologique est à même de découvrir, non seulement ce qui est viable ou non viable, mais encore ce qui existe à titre d'embryon ou de simple pour l'amener au composé.

Que sera-ce si nous poussons sous l'analyse des variantes ou des cinq facultés et ainsi de suite.

Je sais très bien qu'on me répondra à cela que le pouvoir, c'est-à-dire le ministère, doit représenter la troisième mécanisante. Qu'on observe bien alors si les dix parties du discours sont capables d'évoquer par elles-mêmes l'idée de style? Elles sont en dehors du style comme les dix ministres resteront en dehors de la troisième chambre qui sera la personnification de la pensée française. Ses quarante

membres, semblables à quarante phares électriques,
projetteront l'éclat de leurs lumières sur le globe
entier. Voyez-vous, chers lecteurs, cette maison for-
tunée à tous égards dont le toit bienheureux abri-
tera ces quarante immortels? Ils viendront y être le
sommet d'autant de séries se subdivisant dans tous
les savoir .

Supposons, un instant, que tous les génies du
globe, envieux d'avoir leur nom écrit dans une si
formidable assemblée, viennent y apporter un témoignage de leurs chefs-d'œuvre! Que de puissance,
que de gloire, que de savoir, que de monuments
grandioses ne caractériserait-elle pas dans l'espace
d'un siècle! Croyez-vous qu'aucune exposition de
France, même plusieurs réunies, soient capables de
posséder sans elle, tant de beautés, tant de mer-
veilles? Jamais! Cette chambre est donc bien le seul,
l'unique moyen d'action.

De même l'association, tout en faisant participer
les masses françaises à l'économie qu'elle aura pro-
duite, les laissera jouir à la fois du fruit de leurs
travaux, de leur libre arbitre comme aussi de leur
mérite personnel.

Les dix parties du discours, qui ne sont autres que
les dix ministres, devront néanmoins exister en
dehors de cette chambre, étant absolument indis-
pensables aux besoins de la nation, comme les dix
parties du discours le sont à ceux de la langue. Ils
n'en auront pas moins le mérite de leur œuvre; les

fonctions des deux chambres existantes seront plus
clairement définies par l'assistance de la troisième,
et nos ministres resteront en dehors des luttes politiques, comme les dix parties du discours sont en
dehors des trois mécanisantes.

Mais, qu'on ne perde surtout pas de vue d'assurer
l'existence, les moyens d'existence du peuple ; car,
un bon peuple se façonne d'après l'action bienfaisante
de son gouvernement comme les enfants se fortifient
et embellissent par les soins, la nourriture substan-
tielle nécessaire à leurs besoins. Or, la nourriture
des peuples c'est l'instruction ; les crises ouvrières
ne pourront disparaître que quand le peuple aura
son droit au travail présidé par le savoir ; les crises
agricoles ne se résoudront que par le savoir agricole.
Solution totale : Ecoles pour le peuple et écoles agricoles dans tous les départements.

Si on touche au bon marché de la vie, que dis-je,
si on ne facilite pas les moyens d'existence, le cata-
clysme est inévitable ; et il est le seul espoir des
latins qui n'y trouveront cependant que la mort. Si
la révolution est spirituelle, leur mort sera telle ; si
elle est matérielle leur mort le sera aussi. Le gouvernement, quel qu'il soit, n'a donc qu'un seul
moyen de lutter et de vaincre ; c'est de s'armer du
savoir de toutes les masses. Plus les masses seront
riches en savoir, plus il sera fort ; plus elles seront
faibles, plus il le sera lui-même.

Résumons-nous. Lorsque cette troisième chambre

fonctionnera, il ne sera pas difficile de reconnaitre qu'il faut que le gouvernement soit protectionniste à l'intérieur et libre-échangiste à l'extérieur ; c'est-à-dire, protectionniste pour tous les travailleurs et libre-échangiste auprès des gouvernements étrangers Voilà où vont les demandes des consuls.

Nous ne terminerons pas ce bref opuscule sans dire franchement notre nom qui se résume en ces quelques mots : Notre cher et bien aimé patriarche, Monsieur Grévy, ayant été le troisième président chargé de mener à bonne fin la composition du gouvernement, représente, par conséquent, le composé français ; nous devons donc nous déclarer son défenseur le plus opiniâtre. Notre plus vif désir, notre rêve le plus doux seront qu'il soit réélu une deuxième fois : nous mettrons à cela tous nos efforts.

En outre, nous tenons à ce que notre bienveillante Académie sache que, quoique nous n'en fassions partie qu'à titre honoraire, elle nous aura constamment à sa disposition, depuis le plus petit membre jusqu'au sommet de la série académique en qui repose tout l'avenir des masses françaises. Dans d'autres opuscules nous ferons tous nos efforts pour mieux nous faire comprendre et pour lui rendre sa lourde tâche aussi légère que possible, autant qu'il sera en notre pouvoir.

Inutile de dire le respect que nous inspirent tous les membres du gouvernement en général, dès l'instant qu'ils sont la représentation du composé.

Mais nous croyons devoir les aider dans leur difficile tâche en recommandant ce présent opuscule à tous nos députés et sénateurs auxquels il est de notre devoir de signaler l'étude des trois mécanisantes, pour les affaires extérieures de la France ; car, de grands mouvements se préparent à l'extérieur. Disons encore que, nous avons pleine confiance dans les grands hommes qui nous gouvernent ; mais, les intérêts de la France ne nous permettant pas d'en dire davantage, nous terminons en leur disant que les ministres de la guerre et de la marine ont besoin de toute la sollicitude du composé pour remplir la lourde tâche qui leur incombe.

Ajoutons avant de terminer que nous nous proposons de présenter un deuxième opuscule à nos lecteurs pour démontrer davantage encore la toute puissance de notre formule. Nous y analyserons les trois mécanisantes départementales sous le point de vue unitaire français, et en ferons ressortir les devoirs des professeurs envers l'Académie, les devoirs de tout électeur envers sa mère patrie et une foule de pensées que nous nous abstenons de nommer d'avance mais qui intéresseront spécialement tous les membres des corps élus.

www.ingramcontent.com/pod-product-compliance
Lightning Source LLC
Chambersburg PA
CBHW061625180626
46818CB00005B/2237